AF200525

ANANIAS

Mit Gefühlen spielt man nicht

Aufgeschrieben von Lars Röper

Biografie meines Lebens
- Der Weg zu Ihrer Biografie
www.biografie-meines-lebens.de
Email: info@biografie-meines-lebens.de
Fuchsweg 40a
14548 Schwielowsee bei Potsdam
Herstellung und Verlag: BoD- Books on Demand, Norderstedt
ISBN: 978-3-7504-1888-2

Inhaltsverzeichnis

– Drei Zitronen –

Eine Sieben. Ein Big Win und drei Zitronen.

„Etwas weniger sauer könnte es schon sein", löste ich meinen Blick von den gelben Früchten, die der junge Mann vor dem Spielautomaten wieder in Bewegung setzte. Die Glücksräder rotierten, alles verwischte. „Der Job in der Spielothek ist okay", dachte ich nur. „Mein Leben ist es nicht."

Es musste ja nicht der fünffache Big Win sein – zwei wunderbare Kinder, ein toller Mann, der erstklassige Job und das Einfamilienhaus mit Garten. Mein Leben aber fühlte sich nach mindestens vier Zitronen an. Die Jungs lebten nach einigen Gesprächen mit dem Jugendamt bei einem Pflegevater, meine Ausbildung zur Erzieherin hing seit Jahren in der Luft, an Geld war nicht zu denken und mein Freund …

Ich schluckte beim Gedanken an Abbes. Seit unserem Kennenlernen kämpften wir uns aneinander ab, ließen unsere unterschiedlichen Kulturen zusammenkrachen. Ich war eine emanzipierte und starke Frau. Abbes ein verdammt gut aussehender Mann aus Tunesien. Ach, eigentlich sollte ich das nicht verraten. Er selbst sprach überall von Algerien als seiner Heimat. „Das ist besser", erklärte mir Abbes, „um in Deutschland Asyl zu bekommen."

Wie eine düstere Verheißung rasteten auf einem der

anderen Spielautomaten vier Zitronen ein. „Kaffee", gab der Alte davor mir ein Handzeichen, warf die nächste Münze in die Maschine und alles begann sich zu drehen. Ganz wie mein Leben. Bald, das spürte ich, würde es mich kraftlos und irrsinnig in die Ecke schleudern.

Seit zwei Jahren rangen wir Verrückten miteinander. Liebten uns besessen, schrien uns an, saßen uns wie Psychopathen gegenüber. Manchmal schlug er mich. Wie einst, als Abbes mit seinen Inline-Skates ins Stolpern geriet, stürzte und ich kichern musste. Es war ihm nichts geschehen. Sein nordafrikanischer Stolz aber hielt das nicht aus. Mein Kichern folterte sein Ego. Wütend kämpfte Abbes sich auf die Rollen, wackelte rum und knallte mir seine Handfläche ins Gesicht.

Entsetzt sah ich ihn an. Rollte mit Tränen in den Augen und voller Wut heim. Saß verstört in der Küche und dachte nach, bis Abbes in den Raum kam, leise „Entschuldigung" sagte, erst seine Hand auf meine Schulter legte und mich dann umschlang. Seine dunklen Locken vermischten sich mit meinen, bis ich ihm nachgab und wir uns küssten.

Mein Herz schlug für Abbes. Das wusste ich, wollte ihn als neuen Lebenspartner und Papa-Freund meiner Jungs. Und unsere Kämpfe? Vielleicht brauchte ich sie als Lebenselixier. Ich weiß es nicht. Empfand doch Liebe für ihn. Und er? Liebte er mich? Heiraten würde Abbes mich sofort. Aber würde er es aus Liebe tun oder für sein Bleiberecht?

Ich hasste diese Gedankenspiele, brachte dem Mann am Spielautomaten seinen Kaffee und musste beim Anblick seiner vier Big Wins lächeln. Irgendwann würde auch ich wieder Glück haben. Abbes und ich, meine Kinder Nino und Daniele, wir würden eine richtige Familie sein. Das war es wohl, wonach ich mich seit der Trennung von Alessio sehnte.

„Big Win", reichte ich dem Mann seinen Kaffee und wir unterhielten uns im Flackern der Maschine. Auch von Abbes und mir erzählte ich bald, sprach laut im Geplärre der Automaten. Die Spielothek war gut besucht. Das aber störte mich nicht. Alle Gäste schienen in die Suche nach dem eigenen Glück vertieft, fieberten, warfen Münzen in die Schlitze und hofften. Auch eine ältere Frau starrte auf die rotierenden Glücksversprechen ihres Automaten. Dass sie lauschte, ahnte ich nicht. Später jedoch stand sie vor mir und sagte etwas gänzlich Unerwartetes.

„Ich kann Dir helfen, meine Hübsche."

Ihre Blicke strichen über meine kastanienbraunen Locken. Ich sah die Frau an. Ihre Worte klangen bestimmt und wenig scherzhaft.

„Mir ist nicht zu helfen", sagte ich trocken und spürte jede Menge Wahrheit in dem dummen Spruch.

„Ich werde da schon etwas zaubern", kam die Frau näher und reichte mir die Hand. „Du wirst eine Menge Geld verdienen. Gleichzeitig löst sich das Problem mit

Deinem Süßen."

„Meinem Süßen?", strich ich mir die Haare aus dem Gesicht.

„Abbes", sprach die Frau seinen Namen aus. „So heißt er doch wohl."

Ich nickte. Offenbar hatte sie meine Unterhaltung verfolgt. Was auch immer ihr Vorschlag sein würde, ich wollte ihn hören.

„Am besten heiratest Du einen anderen", sagte die Frau ernst. Irritiert sah ich sie an. Die Spielautomaten jaulten ihre Melodien. Die Frau hatte einen Knall. Ich wollte mich Abbes' Liebe vergewissern, nicht irgendeinen anderen heiraten.

„Außerdem gibt's einen Haufen Geld für die Ehe", fügte sie hinzu und genoss meine verstörten Blicke. „Ich habe da jemanden aus Mazedonien, der gerne in Deutschland leben würde. Ein junger Mann. Er wäre sicher glücklich und großzügig, wenn sein Traum in Erfüllung gehen würde."

Die Frau kam nun noch etwas näher und flüsterte. „3.000, – DM", konnte ich verstehen, „wäre ihm das schon wert."

Drei Riesen. Mir stockte der Atem. Seit der Trennung von Alessio hatte ich nicht mehr so viel Geld gesehen. Wie grandios war es manchmal gewesen, wenn er nach einem Sommertag aus seiner Pizzeria nebst Eisladen nach Hause kam und einen gewaltigen Haufen Scheine und Münzen auf dem Esstisch ausbreitete.

„Una fantastica giornata", jubilierte Alessio über die Einnahmen. Wir lachten, umarmten uns und schmissen manchmal im Freudentaumel das Geld im Zimmer herum. „Ziemlich lange her", dachte ich und mir lief ein Schauer über den Rücken.

"Für Deinen Abbes habe ich auch jemanden", rissen die Worte der Frau mich aus meinen Gedanken. „Eine junge Deutsche wird ihn heiraten, ihr Freund kann hierbleiben und einer Arbeit nachgehen."

Die Worte machten mich wirr. Was sollten Abbes und ich mit diesen Scheinehen erreichen? Geld war das eine. Unsere Beziehung aber wäre erledigt, wenn wir beide einen anderen Menschen heiraten würden.

Nervös wandte ich meinen Blick ab und sah mich in der Spielothek um. Welch verlorene Glücksjäger es hierherzog. Unentwegt warfen sie Münzen in die Schlitze, ließen die Glücksräder kreisen und beteten, dass eine verdammte Zitrone in letzter Sekunde zum Big Win umschlug.

„Eine Ehe auf dem Papier – mehr ist es nicht", erriet die Frau meine Gedanken. „Ihr lebt weiter wie jetzt. Und wenn Abbes bei Dir bleibt, weißt Du endgültig …"

„Dass er mich liebt", schloss ich und schwieg.

Die Frau zündete sich eine Zigarette an. Der Rauch zog an meinem Gesicht vorbei, stieg mir in die Nase, wie einst in der Bremer Discothek, in der ich Abbes das erste Mal sah. Mit seinen schulterlangen Locken, dem dunklen Teint und im blütenweißen Hemd war er nicht weniger als mein Traumprinz. Ich musste ihn ansprechen, mit zu mir nehmen. Sonst, war meine Angst gewesen, würde mein Traumprinz am Ende des Abends in die Bremer Nacht reiten und verschwinden. Dass Abbes zurück ins Asylantenheim fahren würde, wusste ich damals nicht.

„Denk' drüber nach", legte sich eine weitere Rauchwolke um mein Gesicht. Münzen ratterten aus Automaten. „3.000, – DM", dachte ich an den Betrag, den die Frau genannt hatte. Vielleicht könnten wir eine Reise machen? Abbes, die Kinder und ich. Wir vier, gemeinsam am Meer.

Und die quälende Frage, ob er mich wirklich liebte? Wäre ich mit dem Mazedonier verheiratet und Abbes bliebe trotzdem bei mir, würde sich das wahrlich als Beweis seiner Liebe anfühlen. „Vermutlich", dachte ich und empfand ein kurzes Glücksgefühl.

„Ich muss darüber schlafen", sagte ich, eigentlich versucht, ihren Plan sogleich in die Tat umzusetzen.

„Ja. Bis morgen", wandte die Frau sich einem der Automaten zu, warf einige Münzen ein und wartete auf ihr Glück.

– Glückskind –

„Warum ist nur alles so kompliziert?", nervte mich die Situation. Dabei war ich doch ein Glückskind. Wuchs zwar auf in dem, was andere das Ghetto nannten, dort in Bremen-Huchting. Nachdem ich meinen Eltern aber deutlich gemacht hatte, dass ich mich nicht bändigen lassen würde, war ich ein freies Kind.

„Die kannst Du nicht einsperren", sagte mein algerischer Papa zu Mama, nachdem sie ebendies versucht und mich im Schlafzimmer eingeschlossen hatte. Kurzerhand verwüstete ich alles, fegte das ganze Zeugs von den Regalen, schob die Matratzen vom Bett und rollte mich genüsslich so weit in die Gardinen, bis diese samt den Stangen abstürzten.

Mama war sprachlos und ließ mich runter in den Hof. Papa schaute mir nach und verzog sich bald nach Algerien. „Einen Banküberfall", flüsterte Mama mir später einmal zu, „hat Dein Papa begangen. Deswegen musste er weg."

Mir gefiel die Vorstellungen, dass mein Dad mit Kanone und Skimütze in der Bank eine große Nummer abgezogen hatte. Möchte die Geschichte manchmal sogar glauben. Eigentlich aber, denke ich, hat Papa Mama einfach verlassen, ohne Kanone und „Hände hoch!".

Vor den Mietskasernen und zwischen den Wäsche-stangen war unsere Welt. Es wimmelte von Kindern jeden Alters. Die Wohnungen waren wenig einladend, die Eltern oft ebenso. Also suchten alle das Freie. Klingelte ich eine Freundin raus und wartete unten auf sie, war es nicht selten ein ganzer Schwall Nachwuchs, der sich im nächsten Moment mit Dreirädern, Rollern oder Ghettoblastern in den Hof ergoss.

Vor Sonnenuntergang ging ich nie rein. Einst wollte Mama mich mit dem Teppichklopfer in der Hand dazu zwingen. Nachdem ich mir das Ding geschnappt und zerschmettert hatte, versuchte sie das nicht mehr. Kam nicht mehr, um mich zu holen. War sowieso irgendwie ängstlich geworden vor der Welt. Hätte sich am liebsten gar nicht mehr bewegt und bis zum jüngsten Tag in der Wohnung gesessen. Als Kind verstand ich das nicht und mein Freiheitsdrang bescherte ihr wohl viele Sorgen. Heute weiß ich, was Mama in ihrem Leben alles zu verwinden und durchleben hatte.

Hätte sie mir doch einen Hund erlaubt, womöglich wäre ich artiger gewesen. Vermutlich aber nicht. Tiere jedenfalls bereiteten mir immer schon mehr Freude als die meisten Menschen. Ganz wie der hässliche Hund, den ich auf meinem Schulweg täglich passierte. Wie die Schneekönige freuten wir uns aufeinander und er hüpfte mit seinen Geschwüren und dem löchrigen Fell in aller Hässlichkeit vor mir herum. Mir war das egal. Ich liebte ihn so, wie er war. Streichelte den Hund auf beiden Wegen, brachte ihm etwas zu fressen und gemeinsam rannten wir auf zwei Seiten des Zaunes ein Stück durch Huchting.

„Wenn Du möchtest", schreckte mich beim Streicheln des Hundes eines Tages eine Stimme auf, „kannst Du ihn haben."

Verwirrt sah ich die Frau an, die auf der anderen Seite des Zaunes neben meinem kläffenden Freund stand. Der Hund ignorierte sie. Er schien sich viel mehr über mich zu freuen.

„Geschenkt?", fragte ich verwundert.

„Ja, Du kannst ihn mitnehmen", wiederholte die Frau wahrhaftig ihr Angebot. Ich konnte mein Glück nicht fassen. Sie schenkte mir den Hund und war vermutlich heilfroh, das haarige Geschwür und die garantiert anstehenden Tierarztkosten los zu sein. Davon hatte ich natürlich keine Ahnung und bummelte überglücklich mit meinem Traumhund ins Ghetto.

„Was ist denn das?", fand Mama beim Anblick meines neuen Haustieres klare Worte.

„Is'n Hund, siehste doch", erwiderte ich und wir nahmen Kurs auf mein Zimmer. „Er bleibt jetzt bei uns. Okay?"

Das kleine okay mit dem ? hätte ich mir lieber sparen sollen. Für Mama nämlich war es keineswegs okay, den hässlichen Köter, wie sie wohl dachte, als neuen Wohnungsgenossen aufzunehmen.

Vermutlich verwüstete ich wieder etwas. Gleichwohl

verließ mein erstes Haustier uns ebenso schnell, wie es eingezogen war. Traurig sahen wir uns am nächsten Morgen durch die Maschen des Zaunes an.

Bereits als Kind hatte ich dieses große Herz für die Ausgestoßenen, Outlaws und Aussätzigen. Setzte mich immer schon lieber zum nächstbesten Obdachlosen und quatschte mit ihm, als dem langweiligen Gelaber der Allerweltsmenschen zuzuhören. Noch heute ist es der verwegene, ungeduschte und zerzauste Hobo aus der Nachbarschaft, mit dem ich gerne mitten auf der Straße ein Schwätzchen halte. Seine Freiheit, einfach anders zu sein und anderes zu sagen, gefällt mir.

Auch mein heutiger Hund soll diese Freiheit spüren und leben. Lieber riskiere ich, dass ein Auto ihn erledigt, als dass er eng an der Leine im Verbotenen rumschnüffeln muss wie sein Artgenosse von nebenan.

„Nicht da schnüffeln. Igittigittigitt. Komm zu Frauchen. Sitz und Platz", lässt Frauchen ihn wissen.

„Sitz und Platz", fröstelt es mich, „klingt ja wie peng und tot".

Mein Geschwürhund schnüffelte bald nicht mehr durch den Zaun. Seine Krankheit hatte ihn geholt. Traurig schlenderte ich zur Schule und wünschte mir nichts mehr als einen Hund. Alle aber sprachen sich dagegen aus. Nicht nur Mama, auch Oma wetterte gegen ein Haustier. Ich würde ja eh nicht mit ihm Gassi gehen, ein Hund sei teuer, der Tierarzt sowieso, dann erst die

Pflege und die Läuse und der ganze Dreck ...

Etliches fiel den beiden ein, um meinen Herzenswunsch platt zu machen. Ich gab klein bei. Mein Wunsch jedoch erstickte nicht unter den Argumenten. Beinahe bäumte er in seiner Unterdrückung noch kraftvoller auf.

Damals allerdings schwenkte ich auf eine Katze um. „Geht das, Mama? Die braucht doch nur ein bisschen Milch."

Mama verneinte, wetterte nun gegen eine Katze und auch Oma stimmte wieder mit ein. Ich mochte sie dafür nicht. Hatte keinen Schimmer, was an einer Katze das Problem sein könnte.

Mama und Oma sind heute nicht mehr da. Und sehe ich mir ein Haus an, das ich zu mieten gedenke, ist meine erste Frage: „Darf ich einen Hund halten?"

Ist die Antwort „nein", kann mir das ganze Haus gestohlen bleiben.

Bald fand ich neue tierische Freunde. Gerade acht Jahre alt, genoss ich meine erkämpfte Freiheit, schwang mich nach der Schule auf meinen Drahtesel und radelte ganze dreißig Minuten bis zu einer kleinen Ponyvermietung am Steller See. Für drei Mark konnten Kinder einen halbstündigen Wackelausritt unternehmen. Auch ich hatte das mehrere Male getan. Das aber fühlte sich lange her an. Inzwischen war ich jemand bei dem kleinen Ponyverleih, hatte mich wacker hochgefegt, äppelte eifrig ab, führte die Pferde zu den Kindern und durfte als Lohn bis zum Sonnenuntergang reiten. Anschließend atzte ich auf meinem Fahrrad heim und erledigte meine Schularbeiten.

Die Ausritte entlang des Sees und durch die umliegende Heide waren das Schönste, was ich kannte. Nichts als reiten wollte ich, radelte täglich den ganzen Weg zu den Ponys und störte mich nie daran, dass diese Ausritte kaum mehr als ein ulkiger Schaukelgalopp waren. Bis wir Papa in Algerien besuchten, kannte ich sowieso nichts anderes. Dort jedoch lud mein Vater meine Mutter und mich nach einigen Tagen in seinem von Kakerlaken durchzogenen Heimatdorf ans Meer ein und wir machten Urlaub. Gleich am ersten Tag sah ich die Pferde. Araber, mächtige Tiere, die den Strand entlang und durch die auslaufenden Wellen galoppierten. Ich bekam den Mund nicht mehr zu. Das wollte ich auch, quengelte los und saß kurz darauf im Sattel. Acht Jahre war ich, das Tier gewaltig und mein Ausritt entlang des Mittelmeeres das Weltbeste überhaupt. Kaum stand ich wieder auf der Erde, blickte ich Papa und Mama forsch an und wollte nichts als: „Nochmal!"

Beide schüttelten die Köpfe und zogen mit mir und meinem Wutausbruch ab. Natürlich war es ihnen zu teuer, mich ein zweites Mal und immerfort ausreiten zu lassen. Da kein Teppichklopfer zur Hand war, zerstörte ich nichts, zog einen Flunsch und marschierte später allein zu den Pferden am Strand.

Geld hatte ich keines. Nur ein Unmensch allerdings hätte

einem derart hartnäckig und die Pferde vergötternden Mädchen einen kostenlosen Ritt verwehrt. Der die Araber vermietende Algerier jedenfalls verstand mein Wehklagen, lud mich ein und ich Glückskind galoppierte wieder durch die Wellen. Kaum zurück, kullerte ich ein weiteres Mal mit meinen braunen Kinderaugen, kletterte zur Erheiterung des Algeriers erneut auf den Pferderücken und war auf und davon.

„Wie schön wäre es doch", ersehnte ich im Galopp, „Turniere zu reiten. Sicher könnte ich das."

Einige Wasserspritzer feuerten mich an. Ich fühlte mich großartig. Bis mir einfiel, dass ich ohne das tägliche Training mit einem eigenen Pferd niemals ein Turnier würde reiten können. Doch wie sollte das gehen? Oma oder Onkel Manni spendierten mir zwar Süßigkeiten oder gelegentlich eine Jeans, ein Pferd würden sie mir aber sicher nicht bezahlen. Und wo sollte das auch leben, bei uns im Ghetto?

Daheim radelte ich also wieder zu den Ponys und werkelte abends an meinen Schularbeiten herum. Anfangs hatte Mama dabei noch an meiner Seite gesessen und in schöner Regelmäßigkeit genörgelt und mich kritisiert. Das stank mir, ich explodierte und durfte die Schularbeiten fortan ungestört erledigen. Mir lag das und meine Noten wurden derart gut, dass ich als gefühlt Einzige aus unserem Block die Realschule besuchte. Das war schon krass. Dort nämlich gingen auch die Kinder und Jugendlichen aus den sogenannten besseren Haushalten, den Einfamilienhäusern in Stuhr und Moordeich hin. Auch meine neue, barbieblonde Freundin kam aus dieser Welt und nahm mich immer wieder dorthin mit. Schön hatten sie es, mit ihrem Garten und dem großen Haus. Am besten jedoch gefiel mir ihr Papa. So einen hätte ich auch gerne gehabt. Oft ging er joggen, sah klasse aus in seinem Trainingsanzug. Außerdem hatte er diesen Manager-Job in einer Brotfabrik. Seinetwegen habe ich viele Jahre das Lieken-Urkorn-Brot gekauft. Bis ich irgendwann erfuhr, dass er längst zu Harry-Brot gewechselt war.

Als ich diese Einfamilienhauswelt sah, schämte ich mich für mein Zuhause. Mama putzelte dort mit unseren beiden Pflegekindern herum, während andere Eltern elegant joggten und haufenweise Geld heimschafften.

Arm indes waren wir nie. Mama gelang es, mir vieles zu ermöglichen. Wie dankbar ich ihr dafür bin. Außerdem gab es ja noch Oma, die sich einst einen wohlhabenden Mann geangelt und anständig geerbt hatte. Regelmäßig empfingen wir Omas Finanzspritzen. Und auch Onkel Manni war nach Papas Bankraub für uns da, half bei Reparaturen und hatte manchmal die Spendierhosen an. Er war ein lieber Kerl, auch wenn Mama ihn „mit seinen dicken Lippen" für hässlich hielt. Mir war das, wie üblich, ganz gleich. Für mich war Onkel Manni ebenso wenig hässlich wie der Geschwürhund auf dem Schulweg oder mein ungeduschter Dorfhobo. Hässlich und hübsch, was heißt das schon?

Okay, als später mein Interesse für Jungs aufflackerte, relativierte sich dieser Gedanke. Quatschen mochte ich mit jedem. Mein Freund aber, der würde schon verflixt gut aussehen müssen. Das war natürlich klar.

Ganz von selbst entfaltete sich in meiner Freiheit eine große Klappe. Ich sagte, was zu sagen war. Und wurde zornig, wenn, nach dem gemeinsamen Schimpfen in der Pause, meine Mitschüler vor der Lehrerin plötzlich keinen Mucks rausbrachten. Allesamt hatten sie sich eben noch lautstark über die Hausaufgaben, den hinterhältigen Test oder überhaupt den ganzen Sauladen bitter beklagt, jetzt hielten sie die Klappe. „Ja, Frau Lehrerin", sagten sie mit ihrem Schweigen, „alles ist gut, richtig und fair."

War es nicht. Ich haute das raus, stand auf und posaunte meine Kritik ins Klassenzimmer. Heldenhaft – natürlich. Ich aber war es auch, die nachsitzen oder auf der Klassenfahrt den Abwasch machen musste. Auch der Schlüsselbund flog mir um die Ohren, mit dem eine unserer Lehrerinnen ohne langes Fackeln Störenfriede bändigte. Irgendwie gefiel mir das. Ich hatte die Schlüssel verdient und mochte es, dass sie die Sache direkt und fair erledigte.

Ebenso verfuhr sie mit auf dem Schulhof herumradelnden Mitschülern. Dass dies verboten war, wussten alle und kümmerten sich nicht darum. Den Stock jedoch, den unsere Lehrerin ihnen während der nächsten Vorbeifahrt in die Speichen schob, konnten sie nicht ignorieren.

„Cool und fair", dachte ich und beobachtete, wie der Klassenkamerad sich wieder aufrappelte und gesenkten Hauptes sein Fahrrad zum Ständer schob. „Ich werde nicht so hinschlagen", nahm ich mir vor. Nicht auf dem Schulhof und schon gar nicht im Leben. Meine Stuhrer Freundin mit dem Brotpapa und ich hatten uns vorgenommen, das Abitur zu machen. Nach der zehnten Klasse wollten wir auf das Gymnasium wechseln, wenn auch manche Lehrer unseren Plan einfach nur blockten.

„Ihr haltet euch wohl für was Besseres", blafften sie uns an. „Was denkt ihr eigentlich, wer Ihr seid?"

Ich wusste, wer ich bin und was ich wollte: Abitur machen und Reiseverkehrskauffrau werden. Die hatten schließlich einen klasse Job, wedelten im endlosen Urlaubswetter mit ihren Schirmen die Reisenden zusammen und servierten allerorts Begrüßungssekt. Das jedenfalls hatte ich während einiger Reisen mit Mama gesehen und wollte es nun auch. Bis ich alt genug war, dieses berufliche Sektfrühstück zu beginnen, wollte ich mich im Gymnasium versuchen, vollzog gegen alle Blockaden den Wechsel und ging mit wehenden Fahnen unter.

Einige Fächer bekam ich in den Griff und auch meine Aufsätze waren gut. In Englisch und Mathematik allerdings hätten sie auch zweistellige Noten für mich einführen können. Das Gymnasium sah mich nicht wieder und ich beschloss, da ich selbst keine Erziehung genossen hatte, Erzieherin zu werden.

– Popper & Italiener –

Der Typ war ein Popper. Astreiner Haarschnitt, immer den Walkman mit Depeche Mode drauf und einen der farbigen Benetton-Pullover um die Schultern, die in den 1980er-Jahren bei uns jeder trug, der sich optisch aus dem Huchtinger Ghetto befreien wollte. Daneben ich mit meinen krausen Locken, die immer schon durcheinandergerieten wie mein Leben. Mein Popper war der einzige Deutsche, in den ich jemals verknallt war. Wie er wäre ich gerne gewesen. Weiblich natürlich, doch mit blonden, glatten Haaren, seinem Pulli und dem Walkman auf den Ohren. Seine Kassette allerdings hätte ich rausgefummelt, sie ihm forsch in die Hände gedrückt und eingelegt, was mich einst dahinschmelzen ließ: Eros Ramazzotti.

„Adesso tu" in den Gehörgängen, lief ich dem Popper eine Weile nach, quatschte ihn an, wir flirteten und ich dachte daran, wie ich im letzten Algerien-Urlaub zur Aufregung aller mit zwei Jungs gleichzeitig eingehakt den Strand entlanggebummelt war. Natürlich zickte ich auch regelmäßig, wie es meine Art war, und irgendwann schlenderte mein Popper mit einer anderen um die Realschule. Stinksauer wandte ich mich ab, nicht ohne die Turteltauben grimmig zu beobachten. Beinahe sah es aus, als führe er seine neue Flamme wie eine Tanzpartnerin um die Schule. Es schüttelte mich. Ich liebte das Tanzen, mich frei und ungebändigt in lauter Musik zu bewegen. Die Tanzschule, die ich seit einigen Wochen besuchte, aber hasste ich. Mich führen lassen oder jemandem etwas nachmachen, da werde ich umgehend zum Fluchttier.

Mein Popper flanierte also mit einer anderen, Eros trällerte von „Amore", meine Moordeicher Freundin stimmte plötzlich ein und schwärmte von nichts als Italienern.

Tatsächlich hatte sie im Urlaub mit ihren Eltern echte Italiener getroffen und einige heiße Geschichten zu erzählen. Mir blieb nur meine Eros-Kassette, mit der ich am Stromkasten abhing, bis meine Clique eintraf. Dort, zwischen Stromkasten und Kiosk, war unser Treffpunkt. Meterweise Wassereis schoben wir aus den Plastikhüllen in die Huchtinger Luft, schleckten und quatschen über Schule, Mädchen und Jungs. Die meisten von ihnen gefielen mir nicht recht, sahen sie doch zu blond, bubihaft und pickelig aus. Eines Nachmittags jedoch flutschte mir beinahe das Eis aus der Hand. „Der ...", knuffte ich meine Freundin aufgeregt an, „... wäre doch was für mich."

Wir kicherten, drückten uns aneinander und linsten auf die andere Straßenseite. Wie von Zauberhand war mein brandneuer Schwarm dort aufgetaucht. Er musste, anders war es nicht zu erklären, aus der Pizzeria auf der anderen Straßenseite ins Freie getreten sein.

„Der arbeitet bestimmt dort", kombinierte meine Freundin, während der Anblick des jungen Mannes mein Wassereis zum Schmelzen brachte. „Ein Italiener", hörte ich ihre Stimme ein letztes Mal, dann verschwanden die Clique, meine Freundin und alles Gequatsche aus meiner Wahrnehmung und ich sah nur noch ihn. Tatsächlich arbeitete mein Italiener in der Pizzeria, stattete die Tische soeben mit neuen Servietten und Besteck aus, rückte einige Stühle zurecht, ging hinein und tauchte kurz darauf hinter dem Eisfenster wieder auf. Mit dem charmantesten Lächeln drückte er einem Kind zwei Kugeln in eine Waffel, kassierte, drehte sich um und war nun nicht mehr zu sehen.

Ich war geflasht. Sicher konnte er mir rund ums Knutschen Lieder von Eros Ramazzotti ins Ohr säuseln. Meine Locken schienen vor Aufregung Funken zu schlagen. „Eines ist klar", beschloss ich und teilte es meiner Freundin sogleich mit: „Den hole ich mir jetzt." Auf zur Tat, das Wassereis an meine verdutzte Clique verschenkt, überquerten wir Mädchen die Straße und machten erst am Eisfenster halt. Niemand war zu sehen. Neugierig schaute ich ins Innere des Restaurants und versetzte der auf dem Tresen stehenden Klingel einen Hieb. Das Bimmeln haute mich beinahe aus den Socken. Aufgeregt trippelten wir vor dem Eis herum. Und da war er auch schon. Mein Italiener. Amore mio!

„Bon giorno, die jungen Damen", grinste er fröhlich. „Was kann ich Euch Gutes tun?"

„Küssen", hätte ich am liebsten gesagt, oder hundert Eiskugeln bestellt, um meinen Schwarm endlos zu beobachten. Mit zwei Kugeln in der Waffel kicherten wir schließlich hinfort und ich hatte bereits den nächsten Schritt geplant.

„Heute Abend gehen wir Pizza essen."

Das würde meine Freundin sich nicht entgehen lassen. Wir machten eine Zeit aus, küssten uns zum Abschied auf die Wangen und ich tanzte, Ramazzotti summend, durch den Nachmittag. Zum Abend stylte ich mich, versuchte, meine Krause zu bändigen und radelte los.

Mit pochendem Herzen saß ich im Pizzaduft. Da war er. Sah auch nach vielen Stunden Arbeit noch knackig aus und sauste an unseren Tisch. Offensichtlich erkannte er mich.

„Bella Signora", stand er vor mir, „wie war das Eis?"

„Süß", sagte ich recht dämlich. Es war um mich geschehen. „Alessio", nannte er bald seinen Namen und unser Kennenlernen ging mit einer Lüge voran.

„21 Jahre", verjüngte der 23-jährige Alessio sich. Ich war süße Sechzehn und sagte es auch.

Mein Italiener und ich. Santo Cielo! Nicht nur besaß er eine eigene Wohnung, fernab meines Ghettos, in der coolsten Gegend von Bremen, dem Viertel. Auch kutschierte Alessio mich zur Schule, holte mich mittags ab und brachte manchmal Geschenke mit. Wie eine Prinzessin sagte ich meiner Clique vor der Schule Ciao und stieg in seinen Wagen. Eine ziemlich krasse Welt für eine Sechzehnjährige. Mein Popper konnte sich sein Haargel sonstwo hinschmieren.

Eines allerdings nervte. Alessio hatte kaum Zeit. Anders als ich, war er ein lieber Kerl und Ja-Sager. Auch sein Onkel, der Besitzer der Pizzeria, wusste das und nutzte es aus. Ich jedenfalls fand das und sagte es auch.

„Du arbeitest immer", zickte ich Alessio an. „Deinem Onkel gefällt das natürlich. Für mich aber hast Du keine Zeit."

Mit schlechtem Gewissen sah ich ihn später zur Arbeit trotten. Alessio war ein Duckmäuser, niemals würde er gegen seinen Onkel aufbegehren. Der indes bemerkte meine Intrigen und mochte mich bald nicht mehr. Von beiden Seiten nahmen wir Alessio fortan in die Mangel. Bald hatte er die Nase voll.

„Ich hab' keinen Bock mehr", betrat er eines Abends fluchend die Wohnung. Ich hatte mich auf ihn gefreut. So aber kannte ich meinen Italiener noch gar nicht. Zermartert von seinem Job ließ Alessio sich auf das Bett fallen und träumte von Bella Italia – der Sonne, dem Meer, den Menschen und der großen Freiheit. Was auch immer Alessio dort Besseres als in Bremen erwartete, irgendwann quatschte er nur noch davon. „Italien", drängelte er mich, „ich muss das jetzt probieren."

„Kannste ja machen", ließ ich ihm jede Freiheit und tatsächlich dampfte Alessio ab nach Italien. Irritiert sah ich meinem Freund nach. Getrennt hatten wir uns nicht. Dennoch setzte ich aus Abneigung gegen jedwede Chemie die Pille ab und widmete mich meiner Ausbildung zur Erzieherin. Schließlich wollte ich die Jahre, bis ich alt genug war, mein ewiges Sektfrühstück als Reiseleiterin einzunehmen, nicht sinnlos verstreichen lassen. Was für Deppen aber saßen da neben mir an den Tischen. Die hingen doch sicher nicht alle dort ab, um später Reiseleiter zu werden?

Niemand schien die Ausbildung wirklich ernst zu nehmen. Selbst die Lehrer nicht. Lieber rissen sie schmutzige Witze, als uns pädagogische Grundlagen zu vermitteln. Wenigstens musste ich nicht viel lernen und hätte die Ausbildung sicher mit Bravour abgeschlossen. Da aber kam Alessio aus Italien zurück. Sein Traum vom Dolce Vita, dem süßen Leben in seiner Heimat, war geplatzt. Jetzt hetzte er wieder durch seines Onkels Pizzeria, kam zerknirscht heim, ich schloss ihn in die Arme, wir kicherten verliebt und machten Amore.

– Nino –

Einige Tage später zeigte der Schwangerschaftstest sehr genau, wie Amore und die meinerseits ausgesetzte Pille sich miteinander verhielten. Geschockt betrachtete ich die beiden roten Streifen. Unverkennbar zeigten sie eine Schwangerschaft an. Ich schloss die Augen und blinzelte ein wenig. Die Streifen waren immer noch da. „Womöglich sind es sogar Zwillinge", lief mir ein Schauer über den Rücken. „Ein Strich für jedes Baby."

Jetzt wurde es ernst. Der Frauenarzt nahm mir zwar den Schrecken, gleich zwei Schreihälse könnten mir die letzten Tage meiner Jugend zur Hölle machen. Schwanger aber war ich, daran gab es keinerlei Zweifel. Alessio und ich saßen beisammen, sprachen über Abtreibung, überlegten einen Namen. Dann grübelte ich wieder allein mit dem Baby in meinem Bauch, während Alessio Pizza und Rotwein durch das Restaurant schleppte.

Wir entschieden uns für einen Namen. Nino sollte unser Kind heißen. Ein Junge. Im Juni 1991 wurde er geboren. Es war ein Regentag. Ebenso der nächste und übernächste. Endlich kamen Nino und ich aus dem Krankenhaus heim. Alessio hatte uns nicht abgeholt und war auch nicht zuhause. Nass und zornig stand ich mit unserem Baby im Flur. Wo war er nur?

Später begrüßte ich Alessio mit Flüchen und im

Geschrei unseres Sohnes. Sein Onkel habe ihn nicht gehen lassen, versuchte er sich rauszureden. „Zu viel zu tun!"

„Du Feigling hast ihn gar nicht gefragt", erwiderte ich schroff. „Ich kenn' dich doch. Da komm' ich mit Nino heim und Du kriegst deine Zähne nicht auseinander."

Alessio schwieg, setzte sich zu mir und streichelte vorsichtig den Kopf unseres Kindes. „Willkommen, Nino", sagten wir gemeinsam. „Willkommen in unserer Familie!"

Tatsächlich hatte ich mit süßen neunzehn nun eine eigene Familie. Das war schnell gegangen. Meine Tage bei den Pferden am Steller See schienen gar nicht lange her zu sein und wie es sich anfühlte, neben dem Kiosk am Stromkasten zu lehnen, wusste ich wie gestern. Während meine einstige Clique allerdings die Nächte in Bremer Discotheken durchtanzte, wurde ich alle drei Stunden von meinem hungrigen Nino-Cocktail aus 50 % Italiener, 25 % Algerier und 25 % Deutsche geweckt. „Bei dieser Mischung wird mein Sohn sich seine Freiheiten im Leben zu nehmen wissen", spürte ich damals bereits, schloss die Augen und träumte von Hochzeit.

Am Morgen zählte ich das Geld, das Oma mir einst für besondere Gelegenheiten in die Hand gedrückt hatte und dachte über Alessio nach. Er hatte um meine Hand angehalten. Noch immer war er ein lieber Kerl, sah glänzend aus, plante die Pizzeria seines Onkels zu übernehmen und hatte mir kürzlich sogar einen Pelzmantel gekauft. Warum also sollte ich nicht als Ehefrau und Restaurantbesitzerin im sauteuren Mantel den Kinderwagen um die Häuser schieben? Abends beim Zähneputzen summte ich dann den Hochzeitsmarsch und beschloss nach dem Ausspülen: „Lassen wir die Glocken bimmeln!"

Also standen Alessio und ich alsbald in der Kirche und alle wollten mein Ja-Wort hören. Mir war übel. Alessios große Familie war angereist, die Blicke der Italiener bohrten sich rücklings in mein Hochzeitskleid und allesamt erweckten seine Verwandten den Eindruck, sie würden sich wie selbstverständlich bis in unsere privatesten Angelegenheiten einmischen. Ich erinnere nur: Ich hasste es bereits, wenn ein Partner mich in der Tanzschule führte. Zwei Dutzend Italiener, die in meinem Privatleben rumstocherten, würden mich zur Explosion bringen.

„Ja", sagte ich dennoch, küsste den Bräutigam, Mama schluchzte, die Italiener wackelten unruhig auf den Bänken herum und Mendelssohns etwas einfältiger Hochzeitsmarsch orgelte los.

Da Da Da Dam …
Da Da Da Dam …
düdellüdeldüdellüdel …

Alessio und ich betraten den Mittelgang und stolzierten

auf einen vor der Kirche geparkten schwarzen Mercedes zu. Was aber war das? Unter jedem Schritt eierte der Hochzeitsmarsch zunehmend, quälte und umschloss mich die Musik, als sei unsere Ehe schon jetzt nichts als ein großes Eierlaufen.

„Das alles fährt doch gegen die Wand", dachte ich beim Einsteigen in den Mercedes und wir fuhren zum Applaus der Italiener davon. An ihrer Seite stand Mama und winkte.

Anschließend feierten wir im Moordeicher Hotel Nobel, nachts betraten Alessio und ich das Zimmer für unsere Hochzeitsnacht und ich zog einen Flunsch.

„Einzelbetten", bohrte ich ein Wort in den Raum und schaute erneut hin. Tatsächlich hatten die Trottel vom Hotel uns für die Hochzeitsnacht ein Zimmer mit getrennten Betten zugewiesen. Wohin nur sollte all das führen? Erst der eiernde Marsch, jetzt Einzelbetten.

Es galt zu handeln. In meinen Brautschuhen stampfte ich zur Rezeption und wies auf den Sachverhalt hin. Selbst mir war das peinlich. Da steh ich doch im Hochzeitskleid vor dem Hotelpersonal und bitte darum, die Einzelbetten zu einem Nest für frisch Vermählte zusammenzuschieben. Höflich kamen sie meinem Wunsch nach, grinsten aber sicher noch lange über mich. Zumal der Morgen nicht besser wurde.

„Frühstück", küsste ich meinen Ehemann zur Morgensonne. „Das Buffet ist angerichtet. Lass uns mal runtergehen."

„Mmmm?", war nichts als ein fragendes Brummen zu hören.

„Frühstück", schüttelte ich meinen schlaffen Gatten nun an den Schultern. „Lass uns mal runtergehen. Ich hab' Hunger."

Wieder ein Brummen. Dann eine Antwort.

„Geh schon mal vor."

Hatte er das tatsächlich gesagt? Ich traute meinen Ohren kaum und wackelte nun kräftig an Alessio herum.

„Hey, Du Penner, unser Hochzeitsfrühstück!"

Alessio aber drehte sich wieder ins Schlummerland und zog die Decke über sein Gesicht. Das reichte mir. Ich ließ zwei Fäuste auf ihn niedergehen und beschloss, auf der Stelle abzuhauen. Stinksauer wollte ich mich in meine Jeans zwängen, eine Jacke überwerfen und abhauen. Doch außer meinem Hochzeitskleid lag nichts auf dem Stuhl neben dem leeren Kleiderschrank. Im Heiratstaumel hatte ich vollkommen vergessen, normale Kleidung einzupacken. Dampfte Minuten später also im Hochzeitskleid aus dem Hotel und marschierte durch Moordeich. Ganz in Weiß und mit zornrotem Gesicht saß ich kurz darauf in der Straßenbahn und schaukelte zu einer Freundin.

Alessios Familie fing mich später wieder ein. Einige Anrufe, sie kamen mit dem Wagen und chauffierten mich zurück in den Hafen der Ehe. Da saß ich nun, im Hochzeitskleid, müde, zornig und verstört.

– Daniele –

Die folgenden Monate wurden glänzend. „Pizza und Eis geht immer", dachte ich, denn unser Einkommen war ausgezeichnet. Nino und ich gingen shoppen, hingen bei einer Freundin herum und genossen das Leben ohne Arbeit. So konnte es weitergehen.

Ging es aber nicht. Im Frühling sollte ich lernen, wie verregnete Ostern, Himmelfahrt und Pfingsten die Einnahmen eines Eiscafés zum Schmelzen bringen. Unser letzter Geldregen in der Küche war lange her und mein Gatte schuftete trotzdem wie ein Bekloppter. Die Pizzeria gehörte jetzt uns. Alessios Onkel aber hielt jeden Monat die Hand auf und wartete auf seine sechs Riesen.

„Lass uns die ganze Scheiße doch einfach lassen", fiel Alessio oft hundemüde ins Bett und träumte wohl wieder von Italien. Am Morgen jedenfalls wollte er dorthin. „Lass uns Urlaub machen. Sonst falle ich um."

Wir fuhren also in den Süden. Freuten uns, wie herzlich Oma mit Nino spielte, fanden Zeit für uns und Amore.

Viva Italia, Pille vergessen – und da war es auch schon geschehen. Wieder richtete sich mein Blick auf die zwei senkrechten Striche eines Schwangerschaftstests und wir überlegten uns den nächsten Namen: Daniele.

Im Juni wurde er geboren. Zwei Kinder, mein Süßer

rund um die Uhr in der Pizzeria und draußen auf der anderen Straßenseite, zwischen Stromkasten und Kiosk, hingen die Jugendlichen ab. Ihre ganze Zukunft hatten sie noch vor sich. Ich aber war kaum älter als sie, klöterte mit zwei Kindern durch die Welt und rüber zur Pizzeria, um unsere neue Angestellte zu begrüßen. Eine junge Frau aus Bosnien. Hübsch sah sie aus und ich sagte es Alessio auch.

„Ne' kleine Süße, nicht wahr?"

Er jedoch flitzte mit drei Pizzen an mir vorbei und schien kein Auge für sie zu haben. So dachte ich jedenfalls.

– Selma –

Alessio schuftete wie blöde. Selma aus Bosnien hetzte nicht weniger geschwind durch das Restaurant und gemeinsam verkauften sie Tausende Pizzen und Eiskugeln. Aus dem Schwitzen kam mein heißer Italiener trotz bosnischer Unterstützung nicht heraus. Denn schon wieder war ein Monat vorbei, sein Onkel pochte an die Tür der Pizzeria, begrüßte Alessio freundlich wie der Pate und hielt die Hand auf. Sechs Riesen wechselten den Besitzer. Zwölftausend verkaufte Kugeln Eiscreme oder 1.200 Salami-Pizzen waren das damals. Erst jede weitere Eiskugel, Pizza, Spaghetti-Ladung oder Lasagne warf Gewinn ab.

Alessio stand im Dauerstress. Selma hatte trotzdem ein Auge auf ihn geworfen. Im Bosnienkrieg hatte sie alles verloren. War nun in Deutschland und musste sich aus dem Nichts retten. Der Gedanke allerdings, dass Selma mir Alessio streitig machen könnte, existierte nicht in meinem Kopf. Offenbar konkurrenzlos stolzierte ich, die Jungs an meiner Seite, durch die Pizzeria und erfüllte mir trotz knapper Kassen meinen alten und unsterblichen Traum.

Und schon wedelte er vor mir, hatte vier Beine, ein wunderhübsches Collie-Fell, gnadenlose 700,– DM gekostet und hörte auf den Namen Arco.

Zwei Kinder, ein Hund, ein Italiener und eine Pizzeria. Mein Leben war perfekt. „So", biss ich in die Lasagne, die Alessio mir zum Abend mitgebracht hatte, „kann es weitergehen."

„Ich drehe noch ‚ne Runde mit Arco", rief Alessio derweil aus dem Flur und unser Collie stürmte zur Wohnungstür.

„Brauchste nicht. Ich war gerade mit ihm", antwortete ich undeutlich mit der Lasagne im Mund. Alessio verstand meine Worte und verließ trotzdem mit Arco die Wohnung. Das war ungewöhnlich. Verwundert nahm ich die nächste Gabel Lasagne, machte mir keinen Kopf mehr und legte mich schlafen.

Müde trug ich am Morgen den Müll in den Hof, als meine Nachbarin mich wie ein Donnerschlag aufweckte. „Ich will ja nicht rumpetzen", plapperte sie zu mir herüber. „Wollte Dir ja eigentlich nur hallo sagen."

„Kannste doch", grinste ich sie mit der Mülltüte in meiner Hand an. „Hier bin ich."

„Gestern Abend, meine ich", trat die Nachbarin nun näher und erklärte mir, was sie beobachtet hatte.

„Da sehe ich doch Alessio, Arco und noch jemanden die Straße entlangbummeln und denke natürlich ..."

Mit großen Augen hörte ich der Nachbarin zu. Meine noch ungekämmten Locken kitzelten im Gesicht. Zum Lachen war mir allerdings bald gar nicht mehr.

„Naja, wie gesagt, will ja nicht rumpetzen", wiederholte sie. „Als ich Dich ansprechen wollte, warst Du gar nicht die Frau an Alessios Seite."

Die Mülltüte fiel mir aus der Hand und schmatzte auf den Boden. Das Geräusch klang, wie mein Gesicht aussah.

„Die Frau war, glaube ich, Eure Aushilfe aus dem Restaurant", hörte ich noch und ließ den Müll liegen, weil ich nun einen größeren Haufen Scheiße wegzuräumen hatte.

Hätte Alessio mir von dem gemeinsamen Gassigang mit Selma erzählt, wäre das für mich schmerzfrei gewesen.

„Bummelt Ihr nur", hätte ich gesagt und meine Lasagne gefuttert. Schließlich war Selma wie eine Freundin des Hauses, passte gelegentlich auf die Jungs auf, begleitete unsere Familie in den Freizeitpark und unterstützte uns. „Auf diese Form der Unterstützung", brannte nun das Wort Affäre in meinem Kopf, „kann ich allerdings verzichten. Das schaffe ich gut alleine."

Ich stellte Alessio zur Rede. Löcherte Selma mit Fragen. Beide stritten meine Vorwürfe ab. Nichts als ein kleiner Hundespaziergang sei es gewesen. Hartnäckig versuchte ich herauszubekommen, was zwischen den beiden lief. Ohne Erfolg. Alessio und Selma mauerten, schwiegen wie ein Grab. Die nächste Lasagne allerdings, die Alessio mir des Abends mitbrachte, drückte ich ihm gleich wieder an die Brust mit den Worten: „Hab' keinen Appetit."

Der Bruch zwischen uns war da. Wir schwiegen uns an. Wobei mich am meisten wurmte, dass Alessio und Selma die Tage gemeinsam in der Pizzeria verbrachten und was auch immer Heißes servierten und taten. Derweil war ich das junge Hausmütterchen und rang mit den Fragezeichen, was zwischen den Beiden wohl alles lief.

„Ich muss das Druckmittel erhöhen!", dachte ich mir und rief einen schnuckeligen Typen an, den ich beim Einkaufen kennengelernt hatte.

„Am Uni-See? Klar, ich bin da", stimmte er einer Verabredung blitzartig zu. Wir trafen uns am See und lernten uns kennen. Erst oberflächlich beim Sitzen im Sand, dann besser im Wasser und schließlich sehr gut im nahen Wäldchen. Er war wirklich süß. Wiedertreffen wollte ich ihn dennoch nicht. Nicht nur wegen der teuflischen Mücken, die mir im Wäldchen jede Lust aussaugten, sondern wegen der Worte, die bei unserer Verabschiedung wie von allein über meine Lippen kamen.

„Wann sehen wir uns wieder?", fragte mein Schönling und scheuerte an seinen Mückenstichen herum.

„Lieber gar nicht", ließ ich ihn mit seinem Kratzen allein. Spürte, dass dieses Abenteuer nichts als Rache an Alessio gewesen war und sagte leise beim Fortgehen.

„Ich liebe meinen Mann und meine Familie."

– Bettelgesang –

Alessio und Selma stritten noch immer jedes Techtelmechtel ab. Wütend schoss ich meinem Mann einige Flüche vor die italienische Brustbehaarung und haute es raus: „Kannst es ruhig sagen. Ich hab' eh schon mit einem anderen was gehabt."

Zornige Blicke. Seit Wochen hatten wir beiden wie mit der Axt in unsere Ehe geschlagen. Jetzt dieser Satz. Um die Wahrheit zu erfahren, war mir beinahe jedes Mittel recht.

Alessio schwieg. Brachte mir keine Lasagne mehr mit und unsere Ehe zerbröckelte wie alter Parmesan. Einige Wochen später stand mein Mann vor mir und verkündete bestimmt: „Ich will erst mal ausziehen."

„Erst mal?" Beinahe explodierte ich bei diesem Wort. Fasste es nicht. Da wollte mein flotter Italiener sich „erst mal" und gemütlich aus allem Trubel rausziehen, während ich mit den Kindern inmitten der dreckigen Wäsche und dem Haushalt hockte.

„Lascia perdere", reichte mein Italienisch aus, um Alessio ein feuriges „vergiss es" um die Ohren zu hauen und schaffte nur Stunden später seine Klamotten und einige Möbel vor die Tür. Sollte er sein Zeugs doch „erst mal" mitnehmen, wenn er schon wegwollte.

„Arrivederci", rumste der letzte Karton mit Alessios Sachen auf den Bürgersteig vor unserem Haus. Später holte er die Kisten, ich die Jungs ab und wir saßen zu dritt mit Arco in der Wohnung.

„Papa ist erst mal weg", erklärte ich traurig. Hatte selbst das hoffnungsvolle „erst mal" in den Mund genommen. Wann er wiederkomme, wollten die Jungs wissen. Ich konnte keine Antwort geben.

Eines jedoch wusste ich bald sehr genau – mein Leben als wohlhabende Mutti mit Kids, Hund und Pizzeria war Geschichte. Mein Versorger war weg, meine Ausbildung auf halber Strecke verendet. „Kacke", sagte mir der Blick ins Portemonnaie. „Das ist mein finanzieller Absturz!"

Niemand mehr ließ nach gelungenen Sonntagen Scheine in der Küche fliegen. Niemand sang „Amore mio" zum Geldregen. Fortan musste ich ein anderes Lied anstimmen – den Bettelgesang beim Sozialamt.

„Keine Ausbildung?", bohrte die streng frisierte Dame

auf der anderen Seite des Schreibtisches mir umgehend eine Frage rein.

„Naja", nickte ich. „Ich habe damals ein Kind bekommen. Und dann ein zweites." Die Frau musterte mich, als sei ich zumindest das Weiße vom Abschaum.

„Meinen Sie, ich finde es witzig, hier um Geld zu betteln?", kommentierte ich vorlaut. „Ich wäre auch lieber zur Sparkasse gegangen."

Nun sagte sie nichts mehr. Nach einigen Tage bekam ich meine erste Stütze und staunte, wie wenig es war. Gerade geholt, waren die Scheine schon wieder weg, die Jungs immer hungrig, Arco nicht weniger und ich in keinster Weise gewohnt, achtsam mit jedem Cent umzugehen. Dabei gestaltete sich das Einkaufen sowieso schwierig. Alessio rückte den Wagen ebenso wenig heraus wie seine Zahlungen für die Kinder. Beim Amt hätte ich ihn anschwärzen können. Tat es aber nicht. Womöglich hätten sie ihm – und Selma – die Pizzeria weggenommen. Ja, es stimmte. Ganz offiziell waren die beiden nun ein Paar.

Wie gut, dass ich meinen Onkel hatte. Er schmatzte wie eh und je. Und war noch immer einer der nettesten und großherzigsten Menschen. Regelmäßig chauffierte er uns zum Discounter und brachte den Jungs Geschenke mit. Einmal war er lange damit beschäftigt, etwas über dem Fenster des Kinderzimmers anzubringen. Endlich rief er uns herein und zog das eben montierte Rollo herunter.

„Rasch", machte es und die Jungs große Augen.

„Kennt ihr den?", freute sich mein Onkel.

Jubelschreie. „Natürlich", wussten die Kinder, wer vom Rollo brüllte. „Der König der Löwen!"

Mein Onkel lachte, wir vier umarmten uns und Arco sah argwöhnisch zu seinem neuen Kontrahenten aus dem Dschungel herüber.

Kaum weniger skeptisch betrachtete ich meine Mitschülerinnen. Mein Kontostand hatte mich motiviert, die Ausbildung an der Fachschule für Erziehung fortzusetzen. Die Jungs waren im Kindergarten, ich saß in der Klasse und kam mir angesichts der zumeist alten und dämlichen Mitschülerinnen wahrlich hübsch und intelligent vor. Wie Fische glotzten die meisten zur Tafel. „Lieber Himmel", blubberte ein Gedanke in meinem Kopf. „Und die werden bald als Erzieherinnen auf Kinder losgelassen."

Die Ausbildung war federleicht. Ich gammelte mich bis zum Ende durch und war „sehr gut". Mit dem Abschluss in der Tasche fuhr ich heim und dachte an meine Kindheit. Ich war jetzt Erzieherin. Schon damals in unserem Huchtinger Ghetto, wie wir unsere Heimat nannten, schossen die Ideen, was wir spielen könnten, endlos aus mir heraus. „Kommt, Leute, lasst uns das machen und das und das und das ...!"

Mit mir war immer etwas los.

– Paaaaadiiiieeeee! –

Mit meiner Freundin Thea geschah nach der Trennung von ihrem Mann etwas Erstaunliches. Plötzlich sah sie erste Sahne aus. Eben noch Hausmütterchen und furztrocken gekleidet, stand sie eines Tages sexy und lebenshungrig vor mir und sprach von nichts anderem als „Paaaaadiiiieeeee".

Ich biss an. Beide hatten wir früh Kinder bekommen und kaum mal eine Nacht durchgefeiert. Das sollte sich nun ändern. Thea und ich deckten uns mit enger Kleidung und Sekt ein und zogen in die Nacht. Weit sollte ich nicht kommen. Anfängerin, die ich war, sackte ich nach einigen Gläsern unter den Discotisch und schnarchte. Schon wollte ein Aufseher mich wegräumen, da schritt Thea ein.

„Lass sie nur liegen, das ist meine Freundin."

Wir Freundinnen trainierten und wurden besser. Zunehmend kam ich dahinter, dass eben jene Männer, die mir gefielen, auch Blicke auf mich warfen. Eine wichtige Erkenntnis, die mir nette Begegnungen bescheren sollte. Ein richtiger Partner fand sich dennoch nicht. „Wie auch?", schmerzte mich die Realität. „Ich bin 23, habe zwei Kinder und keine Kohle. Wer bitte sollte sich langfristig für mich entscheiden?" Weil langfristig aussichtslos zu sein schien, hatte ich auch auf kurzfristige Affären keine Lust mehr und beschloss, die Partynächte sein zu lassen. Das allerdings war auch langweilig. Kurzum verfolgte ich einen neuen Plan, brachte die Jungs bei Oma unter und fuhr zum Flughafen. Die besten Last-Minute-Urlaubsangebote gab es dort. Das wusste ich und wollte mir eines schnappen

„Leider gibt es für Mallorca nur noch Doppelzimmer", tippte die Dame vom Reisebüro gelangweilt auf ihrer Tastatur herum.

„Aber genau dort möchte ich hin", grummelte ich, lungerte eine Weile an dem Schalter herum und sah, wie ein Mann in meinem Alter sich näherte, um die Reiseangebote zu studieren. „Mallorca", hörte ich ihn kurz darauf die Dame vom Reisebüro fragen. „Geht da noch was für Singles?"

Die Dame schüttelte den Kopf. Das kannte ich ja bereits. Gleichwohl kam mir ein Gedanke. In Mathe hätten sie durchaus zweistellige Noten für mich einführen können, eines aber wusste ich doch:

Single + Single = Doppelzimmer.

Enttäuscht hatte der junge Mann sich eben wieder den Angeboten zugewandt, als ich ihn ansprach.

„Da es keine Einzelzimmer für Malle mehr gibt …", verblüffte ich ihn, „… könnten wir doch zusammen eins buchen."

Über seinen Gesichtsausdruck kann ich noch heute kichern. So etwas hatte er noch nicht erlebt und würde es sicher auch nie wieder. Verwirrt sah der Mann in mein grinsendes, von Locken umrahmtes Gesicht.

„Du meinst das wirklich?"

„Klar", unterstrich ich meine Offerte. „Wir buchen gemeinsam und auf Malle macht natürlich jeder sein Ding."

„Mein Ding?", fragte er immer noch durcheinander.

„Na, jeder macht dort, was er will. Wir haben nix miteinander zu tun. Nur dasselbe Zimmer", machte ich deutlich, dass ich nicht irre oder nymphoman war, sondern nur in den Urlaub fliegen wollte.

Prompt buchten wir und sahen uns eigentlich nie wieder. Ich liebte die Tage am Strand, er feierte durch die Nächte. „Uff, tun mir die Füße weh", war eigentlich das einzige, was ich nachts, nach seinem Heimkommen, von ihm hörte. Schon schlief er ein und ich trottete alsbald zum Frühstückbuffet und unter die spanische Sonne. So lange jedenfalls, bis ich kotzen musste.

„Sonnenstich", diagnostizierte der Arzt und verbannte mich unter das Vordach. Mit einem Kaltgetränk ließ es sich gut aushalten und auch die Aussicht wurde immer besser. Die Animateure kamen und ich staunte, wie gut sie mir mit ihren langen Locken und der dauerhaften Fröhlichkeit gefielen. Verträumt beobachtete ich, was sie mit den Gästen auf die Beine stellten. „Spanier", hauchte ich meine neue Lieblingsnationalität in den Schatten. Lernte bald einen der Animateure kennen und wunderte mich, dass er aus dem Iran stammte und eigentlich in meiner Heimatstadt lebte. „In Bremen?", lachten wir und unsere Locken verzwirbelten sich.

Kaum zurück an der Weser, hakte ich Thea unter und wir durchkämmten stundenlang das Viertel nach dem Iraner. Entdeckten schließlich das Restaurant, von dessen dortiger Arbeit er erzählt hatte. Irritiert stand ich vor dem Lokal. So lange hatten wir gesucht. Hinter der Scheibe sah ich ihn nun, brauchte nur hineinzugehen und mich auf eine Beziehung einzulassen. Ich aber zögerte, stand neben Thea und es machte klick in meinem Lockenkopf. Leise sagte ich zu meiner Freundin, wessen ich mir nun ganz sicher war. „Ich möchte nicht wieder jemanden aus einem Restaurant, einen, der nie Zeit hat. Eine Familie wäre schön. Eine richtige Familie und ein gemeinsames Leben."

Ich schloss Thea in die Arme. Wie zerbrochen sich alles anfühlte. Manchmal betrat ich unsere alte Pizzeria. Heulte mich aus. Wusste genau, dass dies nicht mehr meine Welt war. Alessio hatte nun Selma. Wo war meine Familie hin?

– Abbes –

Ausgehen wollte ich nicht mehr. Bis Doris anrief und schwärmte: „Mit Dir ist es immer so lustig."

Manchmal war sie mit Thea und mir unterwegs gewesen. Wollte nun wieder los. Ich sträubte mich. Willigte schließlich doch ein und sah auf die Uhr. Es war noch Zeit bis zu unserem Treffen. Ich ging zum Kühlschrank, öffnete eine Flasche Sekt und trank sie gemütlich aus.

Kichernd rauschten Doris und ich zwei Stunden später in die Disco, schüttelten uns eine Weile auf der Tanzfläche ins Glücklichsein und witzelten fröhlich.

„Schauen wir doch mal, wer hier so auf dem Markt ist." Spaßhaft hatten wir das gesagt, schauten uns aber trotzdem um. Und kaum hatte ich meinen Kopf ein wenig gedreht, machte mein Blick eine Vollbremsung an einem weißen Hemd, über dem dunkle Locken baumelten. Mein Herz schlug schneller, während ich das Kinn inspizierte, den Mund, die Wangen und Augen des Mannes. Geflasht knuffte ich meiner Freundin in die Seite und stotterte raus, was ich beschlossen hatte.

„Guck mal", zeigte ich in die Richtung, in der das weiße Hemd leuchtete. „Falls Du mich suchst. Ich bin da drüben."

Doris kannte meinen Geschmack, wollte eben noch etwas sagen, doch da durchquerte ich wie magisch angezogen bereits die Disco. Wäre ich doch nur abgebogen – zur Bar, zur Toilette, raus aus dem Laden oder einem anderen Lockenkopf in die Arme. Ich aber nahm den direkten Weg, stand vor dem weißen Hemd und grinste das Gesicht darüber an. Der Mann sagte etwas, das ich nicht verstand. Lächelte entzückend, während seine muskulösen Arme sich unter den weißen Ärmeln abzeichneten. „Abbes", hörte ich seinen Namen das erste Mal, deutete dies als Einladung und setzte mich neben ihn. Während ich mir die Haare aus dem Gesicht strich, verfingen sich unsere Locken bereits ein wenig.

„Schöner Name", dachte ich zu meinem Sektgrinsen. „Schöne Locken, schönes Hemd – wir kommen ins Gespräch."

Also versuchten wir uns an einer Unterhaltung. Abbes sprach kaum Deutsch. Komme aus Algerien, wie er sagte. Sogleich versuchte ich es mit dem Französisch, das ich von meinem Vater gelernt hatte.

„Mon père est algérien aussi", erzählte ich von meinen Wurzeln und der Verbundenheit mit seinem Land. Gleich fühlte ich mich ein wenig heimisch und rückte näher an Abbes heran. Wir lachten viel an diesem Abend, mochten uns und ich sagte Doris „Adieu". Abbes und ich zogen weiter in eine andere Discothek und schließlich zu mir nach Hause. Ich spürte etwas zwischen uns. Hatte ihn unbedingt mit heimnehmen wollen, Abbes nicht in der Bremer Nacht verlieren.

Es fühlte sich an, als könne etwas wachsen zwischen uns, vielleicht eine neue Familie gedeihen. Alles war doch so zerschlagen. Und nun diese Gefühle in mir.

„Kennste den?", blieben wir die ganze Nacht wach und Abbes erzählte Witze in seinem kuriosen Deutsch. Meine Jungs würden ihn mögen, spürte ich. Sicher wäre Abbes ein liebevoller, lustiger und sportlicher Kumpel und auch ein bisschen Papa für sie. Nino und Daniele schauten allerdings mehr als skeptisch, als sie morgens verschlafen in die Küche trudelten und bohrten ihre Frage ins Zimmer: „Woher kommt denn der auf einmal?"

Ich sagte etwas. Dabei war es doch gar nicht von Bedeutung, woher Abbes kam. Wichtig war nur, dass er nicht jetzt im Morgengrauen einfach verschwand.

„Wohnst Du in der Nähe?", fragte ich vorsichtig, während die Jungs sich über das Frühstück hermachten. Sie glotzten in ihre Schalen mit Cornflakes, hörten aber genau zu.

„Asylheim Habenhausen", sprach Abbes zwei der wenigen deutschen Wörter aus, die er beherrschte. Flüchtig umarmte er mich und nahm seine Jacke. Die ganze Nacht hatten wir gelacht. Jetzt war Abbes still und stand verstört in unserer familiären Morgenrunde. Es wurde still in der Küche. Nur die Jungs schaufelten ihre Flakes in die Münder und schmatzten.

„Okay", sagte ich und drückte Abbes Hand. Sein weißes Hemd leuchtete im Morgen, während er vor dem Haus und noch bis zur Häuserecke zu erkennen war. Ich sah ihn verschwinden und pflaumte im selben Moment die Jungs an.

„Jetzt aber dalli, es sind noch keine Ferien."

Murren, Flüche, Taschen auf die Rücken und los. Keine Stunde später hockte ich wieder zwischen den Hirnis, die Erzieherinnen werden wollten. Aufpassen musste ich eh nicht. Schwelgte in Gedanken an die vergangene Nacht und formte lautlos mit dem Mund den Namen Abbes.

Am folgenden Tag war es nicht anders. Ebenso am Mittwoch und Donnerstag. „Morgen", beschloss ich, während unser Ausbilder über die Mundpflege bei Kleinkindern referierte, „schaue ich mal vorbei in Deinem Asylantenheim."

Doris fuhr mich und wir erregten allerhand Aufsehen, als ihr dicker Audi vor dem Heim zum Halten kam, wir zwei Mädels ausstiegen und einige am Eingang rumlungernde Araber nach Abbes fragten. Sie kannten ihn. Wie hier offenbar jeder jeden kannte. Ohne Arbeitserlaubnis, Geld und gezwungen dort zu essen, saßen die Männer fest im Asylantenheim. Gelegentlich unternahm jemand einen Spaziergang. Der jedoch muss sich merkwürdig und verstörend angefühlt haben. Jedenfalls waren Spaziergänger immer schnell wieder zurück.

„Hey, kommst Du mit?", tauchte ich wie die bezaubernde Jeannie plötzlich vor Abbes auf, der in seinem Zimmer hockte. Bereits jetzt hätte er wissen müssen, dass er sich nicht auf eine unterwürfige Frau einließ, wie es sie oft in seiner Heimat gab. Abbes jedoch kam mit, es gefiel ihm bei uns und er machte keine Anstalten mehr fortzugehen.

– Geld & Lügen –

Geld besaß Abbes keines. So fütterte ich meinen neuen Freund durch, bezahlte ihm seine Zigaretten und hielt gleichzeitig den Haushalt, den Alltag mit den Jungs und meine Ausbildung als Erzieherin am Laufen.

Abbes gammelte durch die Tage. Da saß er nun in Deutschland, in meiner Wohnung, auf meiner Couch und war sichtlich genervt, weil wir beim Suchen nach einer Arbeit für ihn erfolglos geblieben waren. Forsch hatten wir bei allen Fastfoodketten und Zeitungszustellern der Stadt vorgesprochen. Nichts. Asylanten schickten sie einfach weg. Also gewöhnte Abbes sich ans Rumlungern. Posaunte zwar regelmäßig heraus, wie sportlich er sei, meine kurzerhand auf ihn übertragene Mitgliedschaft im Fitnessstudio nutzte er dennoch kein einziges Mal. Verließen die Jungs und ich morgens das Haus, blieb Abbes daheim. Kamen wir am Nachmittag wieder, saß er immer noch im Fernsehlicht.

Zwischen seinen deutschen Witzen machte sich Genörgel breit. Anfangs gelang es mir, es mit einem Kuss und einer Umarmung zum Schweigen zu bringen. Dann half auch das nicht mehr. Zunehmend verbreitete Abbes schlechte Stimmung. Wollte die Nachmittage, Abende und Nächste vollends und allein mit mir verbringen. Niemals jedoch wollte ich die Jungs außen vor lassen, liebte es, etwas mit ihnen zu unternehmen. Außerdem riefen meine Freundinnen an, luden mich zum Kaffee, Inliner fahren oder auf den Rummel ein.

„Ihr habt doch was mit Männern vor auf diesem Rummel", knallte Abbes plötzlich ins Zimmer, während ich mir Klamotten heraussuchte. Gleich drehte ich mich zu ihm um. Meine Augen blitzten, wie sie das bei solchen Anfeindungen immer tun.

Verstört hielt ich inne. Nie wäre ich auf den Gedanken gekommen, etwas mit anderen Männern anzufangen. Sicher, es gab wilde Zeiten. Jetzt aber wollte ich mir mit Abbes eine Zukunft für meine Familie aufbauen. Keineswegs würde ich mich auf irgendwelchen Rummel-Sex einlassen.

„Du redest Unsinn", sagte ich ihm direkt ins Gesicht.

„Dann mach was mit mir", reagierte Abbes prompt, als hätte er genau das erzwingen wollen. Niemals würde ich meine seit frühester Kindheit gelebte Freiheit für einen Mann aufgeben, da war ich mir sicher. Womöglich brauchte Abbes aber gerade heute, an diesem Tag, mich und unsere gemeinsame Zeit so sehr.

„Gut", erwiderte ich, „dann machen wir das so."
Verschob die Verabredung und wandte mich meinem
süßen Algerier zu. Das dachte ich jedenfalls. Doch
genau an diesem Tag sollte Abbes mir verraten, dass
er aus Tunesien kam. Um Asyl zu bekommen, hatte er
gelogen.

„Gelogen", dachte ich, als ich von seiner Heimat erfuhr,
und gewann eine Erkenntnis, die ich verinnerlichen
sollte. Menschen, die lügen, unterstellen dies auch
anderen. Dabei hatte ich Abbes kein einziges Mal
angelogen. Endlos zweifelte er an mir und meinen
Worten. Der Elternabend dauerte ihm zu lange, ebenso
meine Prüfungen, Termine beim Arzt oder das Eis mit
einer Freundin. Fortwährend unterstellte Abbes mir,
ich hätte Männer getroffen, ihn hintergangen, belogen
und betrogen. Es war so unfair. Ich hielt es kaum aus.

Wie weise es doch gewesen war, was meine Mutter einst
über meinen Vater und Menschen aus uns letztendlich
fremden Kulturen gesagt hatte. „Deine Herkunft, mein
Kind, reicht nicht aus", waren ihre Worte gewesen, „um
zu verstehen, was jemand aus Algerien wirklich denkt.
Vieles bleibt unverständlich. Das ist ...", fügte Mama
hinzu, „... oft sehr schwer auszuhalten."

Mama musste es wissen, hatte es selbst erlebt. Jetzt
war ich an der Reihe.

– Männerstolz –

„Gehen wir doch Inliner fahren", schlug ich vor, nachdem ich den Rummel abgeblasen hatte. Abbes gefiel das. Unter seinen Fittichen und auf Rollen fuhr ich an seiner Seite an der Ochtum entlang. Neben mir rollte Abbes, wir lachten und sprachen im Fahrtwind über eine gemeinsame Zukunft. Plötzlich krachte es. Abbes war ins Trudeln geraten und zappelte auf dem Asphalt herum.

„Scheiße", fluchte mein Tunesier auf Deutsch und sichtlich unverletzt, während er wie eine Kuh auf dem Eis versuchte aufzustehen. Kaum oben, rollten ihm die Füße wieder weg, Abbes rutschte, lag flach und ich lachte mich krumm. Es war nicht die feine Art – doch das Lachen brach einfach aus mir heraus. So etwas Komisches wie diesen zappelnden Tunesier mit Rollen an den Füßen hatte ich schon lange nicht mehr gesehen.

„Scheiße", fluchte Abbes erneut, kam auf die Beine und stand mitten in meinem Lachen. Sein Schimpfwort war das letzte, was er an diesem Tag sagte. Mein Gekicher hatte seinen nordafrikanischen Männerstolz in tausend Scherben zerschmettert. Allerdings hegte ich keinerlei Zweifel, dass dieser sich geschwind erholen und zu alter Stärke zurückfinden würde.

Sicher, ich hatte mich über Abbes lustig gemacht. Aber er war doch unverletzt und so komisch vor mir rumgewackelt. Einen solchen Spaß, fand ich, würde Abbes schon aushalten müssen.

Tat er aber nicht. Der Sturz und mein Lachen hatten etwas zwischen uns zerstört. Wohl uns beide spüren lassen, wie weit unsere Welten und Charaktere voneinander entfernt waren. Dabei liebten wir uns doch – oder etwa nicht?

Unsere Fröhlichkeit und wohl auch Liebe wurde zunehmend von bösen Worten und Gehässigkeiten durchlöchert. Eines Abends vor dem Fernseher, schlug Abbes schließlich ein großes Loch in alles, was wir uns aufgebaut hatten.

– Gute Zeiten, schlechte Zeiten –

Ein Tastendruck, der Sender wechselte und ich freute mich auf meine Lieblingsserie. „Gute Zeiten, schlechte Zeiten", blendete soeben der Titel ein. Ich hatte nichts versäumt, legte die Fernbedienung auf den Tisch und lehnte mich zum Feierabend gemütlich zurück.

Abbes letzte Zigarette qualmte noch im Aschenbecher. Während des Vorspanns fiel mein Blick darauf und beinahe hätte ich begonnen, die Kippen im Aschenbecher zu zählen. Derart viele waren es, dass ich es unterließ, während mir erneut deutlich wurde, dass Abbes den ganzen Tag in meiner Bude hockte und fernsah. Die Stimmen aus dem Fernseher verdrängten den Gedanken. Ich sah auf den Bildschirm und wollte meine Serie sehen, als im selben Moment der Kanal wechselte. Genervt drehte ich mich zu Abbes herüber, der auf der Fernbedienung rumdrückte, um das Programm seiner Wünsche zu finden.

„Ich will das jetzt gerne sehen", sagte ich bestimmt. „Du kannst ja den ganzen Tag gucken."

Abbes ignorierte meine Worte und zappte, offensichtlich ohne Ziel, weiter durch die Kanäle. Jedes Wechseln des Programms traf mich wie ein Stich.

„Ich möchte die Serie sehen", beharrte ich, schnappte mir, als Abbes nicht reagierte, blitzschnell die Fernbedienung, schon lief wieder GZSZ und ich bekam eine gescheuert.

Mein Gesicht wurde heiß. Tränen liefen durch die Hitze. Abbes hatte mich geschlagen. Mir und meinem Freiheitsdrang war etwas angetan worden, das ich niemals zu denken gewagt hätte. Wie ein verwundetes Tier drehte ich mich in die Couch, während Abbes die Fernbedienung an sich nahm. Umschalten tat er nicht. Sagte nichts. Saß nur neben mir.

Es war unfassbar, was geschehen war. Am liebsten wäre ich aufgesprungen und hätte getan, was eine meiner Freundinnen während einer Radtour mit Abbes einst gemacht hatte. Immer wieder wies sie ihn darauf hin, dass er nicht so schnell treten solle. „Die Kette", erklärte sie wiederholt, „springt sonst ab. Ich kenne das

Fahrrad."

Abbes hörte nicht darauf, was Frauen sagten und trat noch schneller in die Pedale. „Krrscht", sprang die Kette ab, Abbes fluchte und blieb mit dem Fahrrad zurück, während meine Freundin ihm eine Lehre erteilte und einfach fortradelte. Warum hatte Abbes nicht einmal über seinen Schatten springen und den Rat einer Frau annehmen können? Es gelang ihm nicht. Der Schatten seiner Herkunft war zu groß. Später daheim fluchte Abbes endlos herum, was meine Freundin für eine verdammte Kuh sei. Daran dachte ich, während mein Gesicht schmerzte und ich den Kopf gegen den Rücken der Couch drückte. Vor Wut und Enttäuschung hätte ich schreien können. Geschlagen. Abbes hatte mich tatsächlich geschlagen – wegen des verdammten Fernsehkanals.

„Tut mir leid", legte er nun seine Hand auf meinen Rücken. Für eine Weile verharrten wir derart. Erneut sagte Abbes etwas und ich erschrak fast noch mehr.

„Wir verstehen uns nicht gut. Ich gehe lieber."

Nun spürte ich seine Hand nicht mehr auf meinem Rücken. Abbes erhob sich, tat einige Schritte durch die Wohnung und nahm offenbar mehrere Dinge an sich. Dann fiel die Haustür ins Schloss.

„Nein", sprang ich dumme Nuss auf und tat, was mir jede Menge weitere Schmerzen und Verzweiflung einbringen würde:

Ich rannte hinter Abbes her und holte ihn heim.

– Terror –

Der Psychoterror begann nur Tage später. Gerade war ich eingeschlafen, da rüttelte Abbes mich wieder wach und begann mich zu verhören.

„Liebst Du mich?", starrte er mich im Schein der Nachttischlampe an. „Du hast doch sicher andere Kerle?"

„Nein, hör' auf mit dem Scheiß", wiederholte ich, was ich bereits Hundert Male gesagt hatte. „Ich bin mit Dir zusammen ... nur mit Dir."

„Sag' schon. Was treibst Du mit ihm?", schüttelte Abbes mich an den Schultern. Schweiß stand auf seiner Stirn.

„Spinnst Du", blitzte ich ihn an. „Was redest du? Es gibt keinen anderen Kerl."

„Du muss mir sagen, mit wem Du was hast", hob er seine Handfläche. Gleich würde er wieder schlagen. Das wusste ich. Und da knallte seine Hand auch schon auf meine Wange.

„Wenn Du mich liebst", schrie Abbes mich an, „musst Du mir sagen, wer es ist."

„Scheiße, Abbes", schrie ich zurück und schubste ihn weg. „Hör' doch zu, verdammt, es gibt niemanden außer Dir."

Zornig kam Abbes näher. Ich wich nicht zurück, hob die Hände vor mein Gesicht. Er schlug nicht. Wieder schrie ich ihn an.

„Was willst Du denn, Abbes, das ich Dir sage? Soll ich Dich anlügen? Dir irgendeine Scheiße von einem Lover erzählen? Mann, Du tickst ja."

Abbes drehte sich weg und sagte nichts mehr. Ich hatte ihn zum Schweigen gebracht, ging auf die Toilette, trank einen Schluck Wasser und legte mich wieder hin. Mein Herz schlug, als würde es zerplatzten. Wütend und traurig lag ich in unserem Bett. Drehte mich ebenfalls zur Seite. Weg von Abbes. Weinte. Schlief erst Stunden später wieder ein. Gleich weckte und drehte er mich erneut in seine Richtung. Fuhr mich wie ein Süchtiger an. „Du kannst es mir sagen. Es gibt jemanden, ich weiß das. Wenn Du mich liebst, muss Du es sagen."

Von der Haltestelle hatte ich Abbes zurückgeholt und von unserer gemeinsamen Zukunft geschwärmt. Beinahe wäre er davongefahren, womöglich niemals mehr aufgetaucht. Jetzt aber war er da, ging nicht mehr fort, terrorisierte mich nachts mit Anschuldigungen und Ohrfeigen und spielte auch tagsüber zunehmend verrückt.

„Wo warst Du? Warum kommst Du so spät?"

„Hast Du es mit einem anderen getrieben?"

„Warum hat Deine Prüfung so lange gedauert?"

„Warum kommst Du erst jetzt?"

„Warum verlässt Du das Haus?"

„Gehst Du wirklich zu diesem Elternabend?"

„Ich glaube Dir nicht."

– Kindergeburtstag –

Eben wollte ich mit Ninos Geburtstagsgästen zu Alessios Eisladen bummeln, da versperrte Abbes uns den Weg. „Du gehst da nicht hin!", sagte er barsch.

„Ich habe den Kindern ein Eis versprochen, das weißt Du doch", wollte ich mich vorbeidrängeln. „Nino wird doch wohl mit seinen Freunden bei seinem Vater ein Eis essen dürfen."

„Kann er auch", machte Abbes keinerlei Anstalten, mich vorbeizulassen. „Aber Du gehst da nicht hin."

Natürlich fühlte ich mich verantwortlich für die Kinder. Doch was sollte ich tun? Ich ging nicht. Nino und seine Geburtstagsgäste liefen allein zur Eisdiele. Abbes und ich saßen in seiner Eifersucht und meinem Zorn.

Als die Eltern kamen, um ihre Kinder von Ninos Geburtstagsfeier abzuholen, hätte ich weinen können. Doch lernte ich zunehmend, mich zu verstellen und schenkte allen ein Lächeln zum Abschied. „Schön, dass ihr Kind da war. Es war ein toller Geburtstag."

– Tagebücher –

Ich hielt es nicht mehr aus. Es war kein toller, sondern ein richtiger Scheißgeburtstag gewesen. Die Kinder hatten kaum etwas bemerkt. Ich aber fühlte mich wie gelähmt. Abbes raubte mir die Freiheit und hatte, wenn ich ehrlich war, unsere Beziehung bereits zerschlagen. Von unserer Liebe und dem Wunsch nach einer gemeinsamen Zukunft waren nichts als Trümmer in mir – zerbrochene Liebe, zerstörtes Vertrauen, nichts mehr zu reparieren.

Ich musste weg. Spürte im selben Moment, dass ich es wieder nicht schaffen würde. Etwas Unfassbares zwang mich, bei Abbes zu bleiben. Wie hypnotisiert oder endlos verblödet sank ich zu Boden. Wieder schaffte ich es nicht, ihn zu verlassen. Saß neben meiner kleinen Kommode und dachte daran, wie es mit Abbes und mir begonnen hatte. Mein Tagebuch fiel mir ein. Und die Tränen auf meinen Wangen wurden von einem Lächeln geschaukelt. Hatte ich das Buch damals nicht in die Kommode gelegt? Lange hatte ich nicht mehr hineingeschaut.

Gleich streckte ich die Hand aus, werkelte die alte Schublade ans Licht und fand, unter einem ganzen Haufen von Unterlagen und Zeitschriften, das kleine hübsche Buch. Wie gut es sich anfühlte. Vielleicht würde mir das Lesen darin Hoffnung schenken. Oder mich noch trauriger werden lassen? Ich wusste es nicht. Würde es ausprobieren, schlug mein Tagebuch auf und begann zu lesen: „Es war 1998, als ich Abbes kennenlernte. In einer Disco. Ich war beschwipst und wollte ihn unbedingt mit nach Hause nehmen. Ich glaube sogar, er wollte erst nicht, aber ich dachte, ich würde ihn nie wiedersehen, wenn ich es nicht täte.

Meine heile Familie war kaputt und ich sehnte mich nach einer neuen ernsthaften Beziehung. Wir hatten in dieser ersten Nacht Sex miteinander und blieben auch die ganze Nacht wach. Ich empfand es als sehr aufregend und am Tag darauf verabschiedeten wir uns voneinander, denn er musste zurück in seine Asylunterkunft. Ich war total happy und bat eine gute Freundin, mich dorthin zu bringen, um ihn abzuholen. Ich wollte ihn unbedingt wiedersehen.

Meine Freundin war die Tochter reicher Eltern und hatte einen guten Audi zu der Zeit. Damit fuhren wir vors Asylheim und suchten Abbes. ,Wer sucht, der findet', heißt ein Sprichwort, und so nahmen wir Abbes wieder mit zu mir nach Hause. Meine Freundin fand ihn auch sehr sexy und hatte wohl versucht, Abbes anzubaggern, aber darauf ging er nicht ein. Er erzählte mir davon.

Ich hatte mich mit dieser Freundin zum Karneval verabredet. Dort wollten wir alleine hingehen, ohne Männer. Wir hatten uns ja schon dafür verabredet, bevor ich Abbes kennenlernte. Ich hatte zwar nicht mehr wirklich Lust dazu, war ich doch frisch verliebt, aber es war abgemacht und die Freundin bedeutete mir viel.

Unsere Söhne gingen zusammen in die Schule und wir verstanden uns ganz gut. Ich war also selbstbewusst genug, zu diesem Fest zu gehen und Abbes nicht mitzunehmen. Ich glaube, das war unser erster Streit. Er wollte mit dem Bus wegfahren und sich von mir trennen und ich bin ihm nach kurzer Überlegung hinterhergelaufen. Ich war bereits in einer Art Abhängigkeit. Ich wollte nicht mehr alleine sein. Ich konnte ja auch nicht andauernd einen anderen Mann mit nach Hause bringen. Ich hatte ja Kinder und die bedeuteten mir sehr viel. Vielleicht war mir bewusst, dass unsere Vorstellungen von Freundschaft nicht zueinander passten, aber ich wollte es nicht wahrhaben. Ich behandelte ihn so, als wäre er ein Deutscher. Ich hatte gar nicht über seinen anderen Kulturkreis nachgedacht. Ich bin einfach naiv und unvoreingenommen an die Sache rangegangen und schlug die Ratschläge meiner Mutter in den Wind. Sie warnte mich ausdrücklich, denn sie war ja selber mit einem Algerier zusammen gewesen und hatte sieben Jahre mit meinem Vater in Algerien gelebt. Mit Hilfe der Botschaft, ist sie dann, mit mir im Bauch, nach Deutschland geflüchtet. Doch das ist ihre Geschichte. Sie sagte zu mir, es wären zwei verschiedene Welten und man könne nicht zusammenkommen, da die Frauen dort nichts wert seien. Ich wollte nicht zuhören, denn ich dachte, alle Menschen wären gleich. Ich wollte unserer Beziehung eine Chance geben. Dummer Fehler, er sollte mich teuer zu stehen kommen.

Wie gesagt, irgendwie stimmte es von Anfang an nicht. Die Erste, die sich von mir verabschiedete, war meine

Freundin. Sie stellte mich vor die Wahl. Ich durfte sie mit Abbes nicht besuchen kommen. Außerdem wollte sie nicht mehr zu mir kommen, wenn er da wäre. Ich glaube, sie hat mit ihren Eltern gesprochen, die eine große Firma besaßen, und diese hatten einfach Angst um ihre Tochter. Meine Freundin hatte eine Familie, die auf sie aufgepasst hat. Ich hatte nur meine Mutter. Niemanden, der mich wirklich hätte zur Vernunft bringen können. Auch hätte ich wohl auf niemanden gehört. Also verlor ich meine Freundin. Ich dachte, sie wäre bestimmt nur eifersüchtig auf mein neues Glück. War sie nicht, das weiß ich heute. Sie war nur einfach schlauer. Während ich das so schreibe und mich erinnere, wünschte ich mir, ich hätte die Beziehung beendet und alles danach nicht erleben müssen. Doch ich habe mich auf einen falschen Weg gemacht. Von da an blieb Abbes bei mir. Denn er hatte kein Geld. Asylanten wohnen ja im Asylheim und bekommen dort ihre Mahlzeiten. Damit fingen schon die Probleme an. Denn ich hatte auch nicht viel Geld. Ich bezog BAföG und ergänzende Sozialhilfe. Außerdem zahlte mein Noch-Ehemann Unterhalt für die Kinder, wenn es ihm möglich war. Abbes rauchte, ich selber bin Nichtraucherin. Ich kaufte ihm die Zigaretten, verpflegte ihn und er hing den ganzen Tag zuhause. Am Anfang wollte er arbeiten, aber ohne Arbeitserlaubnis ging das ja nicht und die Sprache konnte er auch nicht. Schwarzarbeit zu bekommen war zu dieser Zeit auch schon schwer und außerdem konnte er nichts. Nicht mal bohren oder so.

Abbes hatte angeblich als Animateur gearbeitet und eine Tourismusschule besucht. Ich hatte zu der Zeit ein Abo im Fitnesscenter, das wollte ich auf ihn übertragen, da ich es sowieso nicht nutzte. Doch auch da ist er wohl aus Faulheit nicht hingegangen. Er wurde mir da schon zu einem Problem. Erstens teilte ich mein weniges Geld mit ihm, zweitens blieb mir kaum noch Zeit für meine Kinder, da er mich, sobald ich aus der Schule kam, in Beschlag nahm. Er hatte hohe Ansprüche. Er wollte beispielsweise ein Handy, die damals noch sehr groß und teuer waren und ich sollte alles finanzieren. Ich kaufte ihm sogar ein richtig gutes Fahrrad für 1.000 DM, das uns dann wenig später ein Jugoslawe aus dem Keller meiner Freundin klaute. Trotzdem stotterte ich das Geld bei meiner Mutter weiter ab. Er war nie zufrieden und beschwerte sich noch, warum ich nie backen würde.

Ich hatte früher immer genug Geld, auch wenn ich wenig hatte, aber nun blieb wirklich kaum etwas übrig zum Leben. Ich muss Abbes wohl wirklich sehr geliebt haben zu diesem Zeitpunkt, denn es war das erste Mal in meinem Leben, dass ich etwas abgab. Außer meinen Kindern natürlich. Er wusste das anscheinend nicht und war auch keineswegs dankbar dafür. War irgendwie so, als würde ich jetzt die Strafe für meine damalige Undankbarkeit bekommen. So als wäre ich jetzt Zahlemann & Söhne.

Die ersten Schläge

Irgendwann, eigentlich ziemlich früh, fing es an. Ich glaube die erste Ohrfeige bekam ich, weil ich einfach das Fernsehprogramm umgeschaltet habe. Ich wollte GZSZ gucken, was ich auch heute noch tue, wenn mein Zeitplan es zulässt. Er meinte, das wäre respektlos. Ehrlich gesagt habe ich mit dem Begriff ein Problem. Er sagt mir nicht so viel, weil ich immer frei und ehrlich mit meiner Mutter sprechen durfte. Respekt hat für mich was mit Angst zu tun. Die habe ich aber bei ihm nicht empfunden. Er entschuldigte sich danach und ich verstand die Welt nicht mehr. Ich wusste nicht, was ich tun sollte. Er redete mich die ganze Nacht voll mit Dingen, die ich nicht verstand und mich auch nicht interessierten, denn ich musste ja früh morgens immer raus zur Schule. Ich war noch in der Ausbildung. Er ließ mich oft, aus Strafe für irgendetwas, nicht schlafen. Er bezichtigte mich nach einem Anruf meiner Freundin der Lüge. Es sei ein Mann gewesen, der angerufen hätte, und nun nervte er mich die ganze Nacht damit. Aber mehr als die Wahrheit kann ich ja auch nicht sagen. Es war meine Freundin. Irgendwelche Ausländer im Bus hätten wohl schlecht von mir und meiner Freundin gesprochen. So was wie wir wären Schlampen oder so und er sollte aufpassen. Ich bin aber so, wenn ich einen

Partner habe, bin ich treu. Wenn ich glücklich bin, suche ich ja auch keinen anderen. Aber wenn ich frei bin, bin ich auch kein Mauerblümchen, ich habe Spaß am Sex. Das ist ja wohl nicht verboten. Naja, Abbes hat da wohl eine andere Vorstellung, was Frauen betrifft. Ich habe auf jeden Fall die Hölle mit ihm erlebt. Er quälte mich psychisch und er schlug mich noch des Öfteren. Ich hatte einmal ein blaues Auge und aufgeplatzte Lippen. Es ist sehr demütigend, in den Spiegel zu gucken. Ich konnte nicht glauben, dass ein Mensch jemandem so etwas antut. Einmal schlug er so kräftig auf mein Ohr, dass ich wochenlang nicht mehr hören konnte. Ich weiß nicht wirklich, wie viel meine Kinder davon mitbekommen haben. Ich habe versucht, mir nichts anmerken zu lassen. Aber ich glaube, sie hatten oft Angst um mich. Ich wollte mich trennen, aber er sperrte mich ein. Fing mich immer wieder irgendwo ab. Ich verlor immer mehr Beziehungen. Selbst meine Mutter litt wegen mir. Kam mich immer seltener besuchen. Umso weniger Kontakte ich hatte, desto besser für ihn. Einmal saß ich in der Pizzeria. Ich sehnte mich zurück nach meiner heilen Welt, der Familie, die ich gehabt hatte. Aber dort hatte ich meinen Platz verloren. Ich wusste nicht mehr, wo ich hingehörte und ging deswegen zurück in die Höhle des Löwen. Mein Selbstbewusstsein war verloren gegangen. Ich kann mich gut dran erinnern, wie er mir verboten hat, zum Elternabend meiner Kinder zu gehen. Ich habe gekämpft und gelitten wie ein Hund, denn die schulische Ausbildung meiner Kinder lag mir sehr am Herzen. Ich bin ein zuverlässiger Mensch und habe mich immer mit Stolz und Freude für meine Kinder eingesetzt.

Ein Außenstehender mag und kann sich nicht vorstellen, warum man sich so demütigen lässt. Warum man all das zulässt. Auch ich kann es mir heute fast nicht mehr erklären. Ich weiß nur, ich war gefangen. Entweder ich hielt mich an das, was er sagte, oder sollte mich wundern, was als nächstes passiert. Ich hatte einfach nur eine lähmende Angst. Ich bin oft geflohen und genauso oft zurückgekehrt. Ich hatte ja auch die Kinder, ich wollte sie nicht aus ihren Schulen reißen. Ich wollte es einfach nicht wahrhaben. Ich schämte mich vor allen. Meinen Nachbarn, Freunden und Bekannten. Irgendwann bekam Abbes die Idee, mit mir ein Kind zu haben, damit er nicht abgeschoben werden kann. Eigentlich wollte ich zu dem Zeitpunkt keine Kinder, aber ich dachte, vielleicht würde dann alles besser werden. Wenn wir erst mal verheiratet wären und ein gemeinsames Kind hätten. Dann könnte er ja auch arbeiten und wäre zufriedener, dachte ich. Ich wurde sehr schnell schwanger. Als ich vom Arzt kam, beleidigte er mich und meinte, er wüsste ja gar nicht, ob das Kind auch von ihm sei. Wieder schlug er mich. Da hatte ich genug. Das war ein harter Schlag ins Gesicht. Ich bin das erste Mal ins Frauenhaus geflüchtet und nahm meine Kinder mit. Es war schrecklich, ich hatte jetzt dieses

Kind im Bauch. Konnte nicht mehr zurück und wusste einfach nicht, was ich machen sollte. Ich telefonierte mit ihm und er schaffte es, mich zu überreden, nach Hause zu kommen. Nach anfänglicher Freude kam es wieder zu körperlichen Auseinandersetzungen. Diesmal holte ich mir Hilfe bei meinem Ex. Der setzte dann Albaner und einen Italiener auf Abbes an. Ich erzählte aber, er hätte die Kinder angefasst und nicht mich. Sie sind dann wutentbrannt zur Wohnung und wollten ihn fertigmachen. Er war aber nicht da. Sie packten seine Sachen, tauschten das Schloss aus und stellten seinen Kleidersack ins Treppenhaus. Das Merkwürdige war, dass ich mir um ihn Sorgen machte und nicht wollte, dass er verletzt wird. Ich dachte nie an mich. An mein Leid und an das meiner Kinder. Ich war ganz auf ihn fixiert. Trotzdem wollte ich mein Leben wiederhaben. Ich beschloss, eine Abtreibung machen zu lassen, damit ich mit diesem Menschen nie wieder etwas zu tun haben müsste. Ich schlief ein paar Tage bei einer guten Freundin. Meine Kinder durften bei der Tante meines Ex-Mannes bleiben, damit ich ein bisschen zur Ruhe käme und die Kinder auch. Ich fand es sehr schrecklich, dieses Kind zu töten. Denn das war es für mich. Ein Mord. Ich habe ein unschuldiges Leben geopfert und bereue es heute noch. Denn dieses Kind konnte nichts dafür. Ich möchte allen werdenden Müttern sagen: „Es ist nicht richtig, eine Schwangerschaft abzubrechen. Man muss vorher gut überlegen, auf was man sich einlässt und das bei ungeschütztem Verkehr nun mal ein Kind entstehen kann." Ich bereue es heute. Und manchmal rede ich mir ein, vielleicht war das die Tochter, die ich nie bekommen habe. Das Schlimmste war, dass Abbes mich nach ein paar Tagen bei meiner besten Freundin abfing. Mich zu einem Spaziergang überredete und ich mit ihm im Gebüsch landete – und das freiwillig. Als wäre nie etwas geschehen. Das klingt verrückt, aber so war es. Man möchte nicht weiterlesen, weil es einfach zu dumm ist. Aber es kommt noch viel schlimmer.

Kein Zurück!

Dass ich jetzt noch mal mit ihm mitgegangen war, war echt zu viel für mein Umfeld. Abbes nahm mich mit ins Asylheim. Er lenkte die Nachtwache ab und ich schlich mich heimlich rein auf sein Zimmer. Wir aßen etwas mit seinen Zimmernachbarn, denn der eine war Bäcker und hatte richtig leckeres Brot gebacken. Sie waren sehr nett. In der Zwischenzeit war ich ständig mit meinen Gedanken bei meinen Kindern und ich wollte zu ihnen zurück. Abbes ließ mich aber nicht gehen. Er hatte sich jetzt voll auf mich eingeschossen. Obwohl unser Stress vorprogrammiert war. Er demütigte mich an dem Tag. Er zwang mich, sein Zimmer aufzuräumen und mit ihm zu schlafen. Dabei meinte er: ‚Es kann nur einen Reiter geben. Wenn beide Könige sein wollen, geht das nicht gut.' Ich hätte zu machen, was er will, er sei der Chef und ich dachte und sagte: ‚Ja, aber nicht meiner.' Doch das war sehr gefährlich bei ihm. Er schickte mich mit seinen Zimmernachbarn los, um meine Sachen von einer Freundin zu holen. Er selber hatte wohl große Angst vor den Albanern, die mein Ex-Mann, wir waren zwischenzeitlich geschieden worden, auf ihn angesetzt hatte. Er war ein Feigling. Als wir zurückkamen, unterstellte er mir, ich hätte mit seinem Nachbarn gefickt, weil es so lange gedauert hat. Das sagte ich denen und die wurden richtig sauer. Auf einmal ging eine Prügelei los, ich dachte ich gucke nicht richtig. Abbes war feige und griff zu einer kaputten Bierflasche, um sich zu verteidigen. Dann kam die Polizei und alle taten, als wäre nichts gewesen. Wir fuhren gemeinsam zum Heim und seit dem Tag durfte ich mit den Nachbarn kein Wort mehr wechseln. Ich schaffte es nicht, mich aus seinen Fängen zu befreien. Er nötigte mich, eine andere Wohnung zu suchen. Die fanden wir auch. In einem schrecklichen Stadtteil, weit entfernt von meinen Freunden. Mein Ex wandte sich ans Jugendamt, weil die Kinder ja jetzt in der Luft hingen. Es waren Sommerferien und ich konnte sie nicht mehr bei mir behalten. Die Wohnung war zu weit weg, ich war gerade im Anerkennungsjahr zur Erzieherin und meine Situation mit Abbes war alles andere als stabil und normal.

Mein Ex-Mann konnte und wollte die Kinder auch nicht bei sich haben. Er hatte zwischenzeitlich die hübsche

Bosnierin geheiratet und auch noch die Pizzeria. So beschlossen wir im Einvernehmen und zum Wohle unserer Kinder, sie vorübergehend in die Obhut des Jugendamtes zu geben und suchten eine geeignete Übergangspflege. Ich hatte immer noch die Hoffnung, dass Abbes sich ändern würde. Natürlich litt ich unter der Trennung von meinen Kindern, aber ich hatte einfach zu viele Schwierigkeiten und war froh, dass sie jetzt gut versorgt waren und dieses Theater mit mir nicht mehr ertragen mussten. Ich musste erst mal wieder alles auf die Reihe kriegen. Aber das sollte noch sehr lange dauern.

Es gab auch ein paar schöne Augenblicke mit Abbes. Jeder Mensch hat wohl auch positive Seiten und die waren es wohl, aus denen ich Hoffnung schöpfte für eine bessere Zukunft. Anders kann ich es mir nicht erklären oder ich war total verrückt. Das war es wohl. Total neben der Spur."

Ich schloss mein Tagebuch.

Weiter hatte ich nicht geschrieben. Wie ich auch hier nicht weiterschreiben kann. Mir keine Zeit bleibt. Denn Abbes stürmt ins Zimmer und sieht mich böse an. Was ich hier tue, will er wissen.

„Nichts", erwidere ich schroff und schiebe mein Tagebuch beiseite. Er will es nehmen. Kommt näher und greift mich. Wird er mich lieben oder schlagen? Ich weiß es nicht. Sicher wird es immer so weitergehen.

… Fortsetzung folgt.